詩集

或る一年
～詩の旅～

Yoshiaki Mino
美濃吉昭

コールサック社

詩集

或る一年～詩の旅～

目次

或る一年　Ⅰ　そうにちがいない

或る一年　Ⅱ　どうしたものか

或る一年　III　旅の中国と韓国

或る一年　Ⅳ　旅の欧州

或る一年　V　なにがあるの

詩集

或る一年〜詩の旅〜

美濃吉昭

Y・M

或る一年　I　そうにちがいない

四月の女

僕は抽象の女を知っている
彼女は
あの冷ややかな旋律を描く
春の嵐
彼女が通った後は
洗われた裸のプラタナス
を、映す　水溜りの水彩
白いビルの谷間の一枚のショウウインドーに
はりついた

黒い柳の眉
青い石の歯

と、突然

空色の眼をむいて
向こうから　やってくるのだ

その後ろから
黄金色にまるまった髪の毛玉
それから
紅色のイチジクの唇をたてている

の、しか

見えない、ときだってある

五月の陽を浴び

五月の陽を浴び　草原に仰向く
大地の底は　巨大な船の底
水の音
火の音
が、かすかに響く
船は東へ　空は西へと　去っていく
これは、終わりの無い航海なのだろうか

いや、そうではない
それは　それは　遠いとおい先の話だが

眼を閉じる

瞼の裏に浮かぶ、糸くずを
蟻が引いている
草の下は土のなかは騒がしい
小さな無数のイノチが、働いている
いや、闘っている

この船は
ひどく、満席なのだ

学園前のひと

六月、奈良行きの車両《ハコ》のなかで
ふと、横に眼をやると

細い眉にぱっちりと開いた瞳
ショートカットの小顔は小麦色の鼻筋
まっすぐ立った背に可愛い小鳩の胸
手頸には翡翠色の腕輪が
そして
茶色の綿のパンタロン
の足許には黒いサンダルの先に

ネイルの小さな　赤い爪が
きらりと光る

これは、お洒落だ
久しぶりに心が躍る
やはり、磨かれた女は美しい

きっと
心も磨かれているに違いない

イヤホーンには
エロル・ガーナーの「ミスティ」

公園の七月は

だれも、いなくなった円形広場を
囲み、輪になった　丈高い　ポプラ達と
風の、おしゃべりが続く
空高く
すると、　風は止み

テニスコートから女学生たちの
スマッシュのコール
ヤァッ！
二回、 三回、 四回、 五回……と浮かぶ、 空高く
ぽかり ぽかりと……音のない無限の中へ
ポプラ達は黙って、 空を見上げる
公園の七月は、 青く 青く 高く 高く

図書館

八月、せっかくの
ひまだというのに
午後
向かいに座った　ボストン眼鏡の学生は
伏し目の下で、オレの手を
「じいーッ」
と、見据えて
考え始める

奴の手には刑法書

オレの手には泥棒日記
で、
オレは、どうしても大泥棒に
なりすまさないといけない

のだろうか

まてよ……
真逆だって、ありうる
と、ジュネは
言ったにちがいない

敵を知れと……

＊『泥棒日記』は、フランスの作家ジャン・ジュネの代表作です

初秋

九月の群青の宵に　上弦の月と金星の二つ
天空は　まるでポスターのように鮮やかだ

「きれいやね……
　何のポスターかしら」

「それはなあ…………宇宙旅行さ」

快晴の翌朝　高層マンションのバルコンで
「カチッ」と　マルボロ　を一服

持ち出した昔の　ライターは　ずっしりと重い
これでは　背広のポケットは　底が抜けるな
デニム　の　ポケットでないと　もたないぞ

そうか！

山か……雲海の上に

急行電車の女達

前にすわるのは　物憂げな弥勒の女
膝を組む青いスカートの上に
長いネイルは　白に先端は空色のグラデーション

その隣には　鼻孔が少し前をむき
身重なようで　ふくよかで
ぽっちゃり型の　和平の陶人形そのもの

はて……
オレの好みはどちらなのか

扉が開き　乳母車が乗ってくる
ピンクの肌の可愛い赤ちゃんと
よく似たお母さん

つづいて　ポニーテールに　野球帽の下は
はちきれた女性の一団
阪神タイガース応援団が賑やかに乗ってくる

はて……　　はて……
オレの好みはどちらなのか

帰路

十一月　深い群青の夜
遠くに　一閃の光！
今宵も幼い星が消える

「もうすぐ　踏切だな……」

クラッチをロウに入れて
ゆっくり　ペダルを踏む

ＳＴＯＰの案山子「Ｘ」！
埃まみれのガラス玉だ

田畑の彼方には廃屋のシルエットが
ながながと横たわっている
たしか、小学校と
ボーリング場なのだが
捨てられている

遠くに　一閃の光！
十一月　深い群青の夜

黄昏の雲は

茜色の空の下
十二月　黄昏の雲は
黒マント
あれは、誰だ？

「タバコとマントが恋をした
その筈だ
タバコとマントは同類で
タバコが男でマントが女だ
或る時二人が身投心中したが」

崖の上から、手に手をとって海面に　ヒラヒラ、ヒラヒラ
「お互いの幸福であったことを知った時
　恋は永久に破れてしまった」
もしかしたら　中也……マントの背は笑い
山高帽は
闇の中に消えた

ああ……
あの　黒い雲
十二月　黄昏の
黒マント

＊「　」中原中也の詩「タバコとマントの恋」より引用

一月の朝

寒晴れである。
西の空に　冴える
白銀の満月
の、なかに
朝日をあびた

峰々が輝く。
月は近くなった。
昨夜の冷え込みは
ひどかった……
まさか
「月も、大雪か?」

深夜

とぼ　とぼ　……
歩いて帰るときの
頭上　いっぱいの
星屑！

哄笑のあとの、無言の天界
遠くに、赤い街の灯
とおい遠い　馬鹿さわぎ

いろいろ　あったこと　　ぼくには　どうしても思い出せない……

とぼ　とぼ　歩いて帰るときの
晴れわたった二月
の、午前二時
傾きゆく　我が銀河

さんざめく　沈黙！

遠い、小さな街の灯
とおい遠い　馬鹿さわぎ

いろいろ　あったこと　ぼくには　どうしても思い出せない……

愛の美術館

三月、午後の
天窓の下の　長椅子に座って
恋人達は
黙って、ながい時間を見つめていました
足許には細い影がのびていました
背後から誰かが　じっと視て……
二十世紀の壁は　底抜けに明るく
キリコの透視したゴーストタウンが貼りついていました

二人の放たれた心は

瞳の無い種
はじかれて無数に散らばり
二人の背中の、せせらぎは枯れはじめ
もう、びっしりと
埋め尽くしたチンプな
言葉の繁殖のような
愛の、くるしい時間
を、背負って……

すると、一閃の稲妻が！
二人は起ち、天窓を見上げ　手を握っていました
「雨が来るぞ……そうねッ！」
誰もいなくなった部屋には、言の葉を掃く
細い影がのびていました……

Y・M

或る一年　II　どうしたものか

都市

四月、光かがやくスクエアーを
あるく……
花粉の襲来がつづき……
みんな、ボウシにマスクにメガネの
仮面をつけていた

はて……いつからだろう
コカコーラの巨大な広告が消えている
あの、金髪のカールと真紅の唇　はちきれた青春
の、なつかしい笑顔が

四月、光かがやくスクエアーを
いそいで往く、見知らぬひとたちの足並み
ぼんやりと、見上げる
くうかんは、暗騒音の波にただよう
花粉と電波が、ビルのガラスの万華鏡の
なかに、消えてゆく

はて……
物語はビルの中にあるらしい
マチチカ　ショーギョーシセツ
仮面の人達は、しずかに　ビルの中に消えてゆく

四月、光かがやくスクエアーを
いつのまにか、よそ者になって
ついてゆく……犬のように

春宵一刻

茜色になって陽が落ちてゆく
五月の公園の森は
締め忘れた散水栓の、シャーシャー
と、とめどない音がしているようで
きもちよく風も流れているようで
「森の中を通って　かえろう」と言う
「広いあき地の中庭があって
まんなかに噴水があるのよ」と言う
「休める　ベンチもあるのよ」と言う
「この一刻がいちばん美しい」と言う

きもちよく風も流れているので
音にさそわれて森をゆく

シャーシャー　シャーシャー
と、夕闇の中

――あかく映え
――逆立つ水の彫像
――そうか、噴水
――そして、西は荘厳に空の瀑布
――茜の雲が燃えおちる
――春の日のフィナーレ

やがて、音も途絶え
なにもかも、色を失ってゆくとき

赤い月

帰りを急ぐ車のライトが
ひとしきり、流れ去ると
やがて、宇宙の闇がみえはじめ

ひとり、残された港通りに
酒場とコンビニの灯りが
ぼんやりと浮かんで

ビルのシルエットの谷間には
六月の風は重く
もの憂げに、ただよい

頬を染めた
大きな
まんまるな

女の顔
が、のぼる

やけに、いろっぽい奴！
「おまえも、独り者なのか？」

「……」

やはり、女の微笑みは……
難解か

夜市

テントの中は
花束が
いちめんに、　咲き狂い
なまぐさく

どこかで香を焚いている

鉄板のうえで　鳥や牛を焼いて
七月の黄昏を　べたべたと汚して……
鶏が　ほっつきあるいて

裏のテーブルでは
みんな、賑やかに暮らしていた

来る日も　来る日も
花粉が舞い
爛熟の儀式の花束は
なまぐさく

どこかで香を焚いている

鉄棒を廻して　豚を焼いて
七月の黄昏を　べたべたと汚して……
子豚が繫がれて

裏のテーブルでは
みんな、黙って暮らしていた

まいにち、まいにち
七月の黄昏を
風は、けんめいに洗っている

橋

八月の、或る日
それは、地震なのだろう
とっさに駆けはじめていたのだ

駆けていたのだ
駆けても
駆けても
つづくシネマの中か
つぎつぎと
うねり向かってくる

鉄骨のアーチをくぐり
夢中で駆けていたのだ
肺臓がはりさけるかも　知れない
腸が逆立っているかも　知れない

「死んで　たまるか」

と思いながら
懸命に……

まさか、足許は一輪車をこいでいるのだろうか
帽子の中で橋の設計図がつぶやく
「どうしたものか」

「この橋は、落ちない」
と言われているのだが……

苦説　カルメン

九月、海外旅行のパンフがあふれていた
見たこともないのに
帽子の中で
渦巻いている

ビゼーのオペラ

薔薇を
くわえて

蛇は直立した

いつのまにか
胸の中で逆巻く、ぶっ返り
きびすを返し
スカートをひるがえし
緋色のショールを投げつけ
あの、耳元までの笑い……
で、大見得をきった

ああ……これは
スペインの歌舞伎か?

パンフはあふれ
見たこともないのに

ユニセフの樹

砂漠の国から一枚の「青い葉」が届いた

皿に水を張り、浮かべ
陽あたりのよいサンルームに
水を補給しながら待つこと三か月
すると
葉の外際の棘から
無数の糸のような根が生え
葉の養分が溶け出し
水がうっすらと濁りはじめると

根のうえに米粒ぐらいの
幼い芽、双葉が立ちあがった

そして、今
温室の鉢のなかで
一米の高さになり
「二十枚の葉」をつけている
日照と　わずかの水　肥料で育つが油断は禁物
水加減がむずかしい
が、元気だ
名はない
植物の難民か

その難民の、子供達からの便りだった

人為「どうしたものか」

屋上の庭の棚が朽ちていた
鉢が傾いていた
寒菊の幹が
く　の字になって立っている

「すまん、ゆるせ！」
大地が傾いたときは
さぞ、仰天したことだろう

「さて、どうしたものか」

戻すとしても　く　の字が
くく　の字になるのでは……

しかし
もしかしたら
私の身体も　く　の字なのかもしれない
私の、大地は傾いているのかもしれない

まっすぐに立たねば
足許はコンクリートと鉄とガラス
スロープ　階段　エレベーター

「はて、みえない大地……」

夜行

Good By　と言われて
眼が覚める

星のない暗い原野に
停まっていた
なにかを
当てたらしい
と、前に座っている男が言った

乗務員が砂利の上を後部へ走っていた
寒気に襲われ窓を閉める

通路に見慣れない新聞
明日の日付が　踏みつけられている
Good By　の汚れた活字
なぜ、God be with you.「神が　あなたと共にあらんことを」

いそいで新聞を拾いあげ、たたみ
眼をとじる
列車は、ふたたび暗い原野を走りつづける……

窓は、いちまいの夜の鏡
だが、この人はみえない……

「まさか?」
うつらない鏡、不在証明。

ピノッキオ

新年、酔っぱらって終電車に乗ると
また、睡魔に襲われ
また、巨大なパチンコの怪物
　に、衝突したのです

わっと、ひと塊まり鉄の球
穴だらけの怪物のボディに吸い込まれると
すさまじい音をたてて流れ出したのです
おびただしい、小さな鉄の球
飛び

跳ね
穴を埋め　湧きあがり
鉄の泡、アワ　アワ　アワ　アワ　……
鉄の笑いが、ウワン　ウワン　鳴りひびく
泡の中

——渇いた口をあけ
——ひびのはいった僕の脳は
——転げ落ちるヤシの実
——肺はみじめに投げ出された花束
——手と足はエンピツのように
——ころがってしまったのです

今ごろ、誰がぼくを繋ぎ合わせてくれるのでしょうか

ぼくは朝までかかっても
じぶんで繋がなくてはならないのです
みんなが眼を醒ますまでに……

闇の中に磯の香りがする

「しまった！」

終着・西明石？

手足はつながっていた

みんな懲りないオトコ達
腰砕けのピノッキオのような格好で
黙って……
待っていた神戸方面行・乗合のタクシー
に

乗り込む

やはり、世のなか抜け目ない……

車の中は、黙り込んだ面々
今にも眠りに落ちそうな「こっくり」さん
自戒に　やるせない嘆きの輩が　忍んでいる

時々、ドライバーから声がかかる
「お客さん、寝ないで下さいよ！」

出会い

ビルの街を歩いていると
かすかに、鴉の遠い鳴き声が
カア　カア　カア……
と、
歩くにつれて
だんだん、大きくなり
前庭のあるビルの下にくると
不気味な
大合唱となった
向かいのビルの上

との掛け合い？
縄張り争い　侵略か？
カア　カア　カア　カア……
カア　カア　カア　カア……
カア　カア　カア　カア……

予期せぬ出会い
見るまい
ヒッチコックの「鳥」が頭の後ろをよぎる
眼を合わせては
やばい
見上げることを我慢して
ゆっくり

気をひかないように
無関心に
とおりすぎる

歩くにつれて
鳴き声はだんだん遠く
カア　カア　カア……
と、
かすかに
そして消えた
ながい　ながい　口喧嘩の争い？
武器は嘴だが殺し合いはなかった

やれ、やれ

寒晴れの陽を浴びながら
人の街には縄張りはない
と思いながら
ビルの街を歩いていると……

しかし、
もしも、行き詰まった奴に出くわすと
いきなり、ナイフ……？

雨水

夜明け前
闇にひかる雨水の中
ガウンの上にレインコートと帽子をかぶり
街を走る
頑丈な赤いポストに締め切り原稿をほうり込み
とってかえす
と、
出合いがしらに
足許を雄猫がよこぎり
街を走り
闇にひかる雨水の中

家のまえの植え込みに消えた
小さな二つの眼が
闇に浮かび
こっちを見ている
——なんだ
——おまえも、か？
——誰とあそんでいた
——仕事は終ったのか
——真似をするな！

雨は、はげしくなった

——これで良い
脳の垢をきれいに洗いながして
ゆっくり寝る
と、しようや……

Y, M

或る一年　Ⅲ　旅の中国と韓国

旅のお札

空港のカフェでもらった御釣りにはびっくりした
薄汚れた皺だらけのお札《サツ》だ
涙と鼻水でくしゃくしゃになったガキ大将のような
ああ……どうしたものか
捨て子にするわけには……

下町の宿を出て
約束した夕食までのひと時を散歩
街角にコンビニを見つける
「そうだ、あの子は　この店で引き取ってもらおう」

タバコを買って、ガキ大将と別れる

「さらば、元気でな！」

ところがだ、御釣りがあった
また、薄汚れた幼い女の子
の、泣き虫のお札が、二枚帰ってきた
ああ……かんべんしてくれ！

お寺の白塔　黒塔が町自慢の建築なので
昇ろうとすると
入口に御婆さんが椅子に座って番をしている
観覧料1.5円と言う
泣き虫の2円を渡す
おばばは「ニタリ」

と笑い、御釣りが0.5円
また、くしゃくしゃのお札《サツ》
こんどは赤子と、きた

ああ……今日は
こういう日なのかもしれない
0.5円は、もう使うチャンスは無かった
この子は、ついに一緒に空を飛び
日本への旅をする

いまは、我が家の引き出しの中
白い清潔な
封筒の中で
しずかに眠っている

西門市場

韓国、大邱《テグ》の西門市場
約一キロ四方の中に何本もの道路がある
が、車は入れない
三階ぐらいのマーケットのビルと
道路の中央に一筋のテント
が、つながり　なんでも有り
道路は二分される
屋台のカウンターもあり　麺　饅頭　鉄板焼を
道のまんなかで食べ、昼酒を飲んでいる
大勢の人が行きかう歩行者天国

大邱《テグ》の　おッかあ　の台所？

こどもの頃　西門市場は
町はずれの広場にあった
葭簀の日除けと屋台だけが一面にひろがり
大人の取引が見える探検の場
大人は丸太の切株に腰を下ろし
ナマコの刺身を鉄針でつつき
火の点くような焼酎を飲んでいた

林檎や黄金色の瓜を山盛り　チェギに背おい
村から売りに来る
爺さんの後ろに
こども達は忍び足、ひとつだけ頂戴して逃げる……
「こらあ！　まてえー」

と、杖を振りかざすが背の荷は重い

「お兄ちゃん、やったぜ！」
と、笑いながら林檎をかじる冒険の舞台が……
今は〈イタズラ坊主〉の姿はない
学び遊ぶ場所は　ここではない
ビルの二階は　衣料　家具　時計貴金属　鞄
地下階は　精肉　魚市場　刺身食堂
歩行者天国は　ジーパン　帽子　穀物　野菜　香辛料
まむし　百足　靴下　靴

そして、小さな空地の家畜屋には
生きた、鶏　山羊　子豚　赤犬
　が、だまって繋がれている
　　運命を悟り、寂しげな眼を

じっと、見開き……

興味半分に近寄る大人達は
青い目で、しずかに見返される
「酔っ払った大人は、小枝でいじる
〈イタズラ坊主〉だから……」

国際市場

韓国釜山「クッチェシジャン」国際市場
を、巨人が歩く……
ロシア出身のガリバー氏
はるばるウラジオストクの奥山から
持参した熊の毛皮を納め終り
市場の狭い通りを歩く……

いつのまにか
大勢の子供とおばさん達の賑やかな一団を率いて

いろいろ話しかけられるがガリバー氏は
「チンプン　カンプン」

おばさんと子供達は入れ替わり立ち替わり
一緒に写真を撮る
「ゲラ　ゲラ……」笑われながら
なにせ、身長はおばさんたちの二倍、三米にちかい

露店の南京豆を買ってボリボリかみながら
黙って、寂しそうに……
ウラジオストクの山中では
何不自由もなかった体が
不自由このうえない、初めての異国
――ちょっとウオッカでも引っかける
――スイング・バーはない

――バーガーの店もない
――もちろんあっても
――ドアーに体がはいらないが

通りの視界はテントの屋根と二階の看板
あまりある時間はゆっくりと流れ
さて
どこで休むか
なにを食うか
どこで食うか
よく言えば　楽しそうな星だが
悪く言えば　悩める散歩
考えていては休めない
すっかり哲学の道となった市場通り
だまって寂しそうに

大勢の子供とおばさん達の賑やかな一団を率いて……

なにが国際市場？

そして
高い天井の外資系ホテルに向かい
帰ってゆく……

予感

福州の隣街は大河に沿い、柳の大木が立ち並ぶ
瀟洒な古くからの港町だった
その向こう岸　リバーサイドには
開発工事中の花園（高層住宅団地）が見える

その向こう岸へ橋を渡ると
ガジュマルの大木が茂る並木の大通りは一変する
交番　役場　銀行　家畜の交換所　コンビニ
が、あって村の中心

突然の交通渋滞となる
トラック　バス　タクシー　自転車
牛の一群を追う人　人波
が、大通りを閉塞
私達のベンツは
のろのろと我慢の走りとなる
覗き込まれる無数の眼の中を縫って……
　……無数の眼の中を抜け出すと

大通りの両側は二階建てレンガ造りの民家に日用品　飲食店が
つづく、背後には田畑がひろがり
ぽつり、ぽつり
　と、広い休耕田を　かいま見る

あとは
緑一色の水田のなかを走る
一筋の広い道路だけになって

遠くの山裾を走る高速道路に向かって
その先、ゴルフ場に向かって……

大きなお金が動いている
気配を後に……

やがて変わりゆく
気配に満ちた
村の中心と大通り
を後に……

海水温のお化け

街が、へんになった

真昼の空が一転にわかにかきくもり
魔都上海の夏は、暗黒の街となった
猛烈なスコールがつづき
街の車はすべて止まる
バンパーは役にたたない

交差点の信号だけが
闇のなかに赤、黄、青の点滅をくりかえす
交差点を渡る男の影は

背をまげ　苦しみの立ち泳ぎ……
車窓の外は水の底にしずむ、人間水族館か？

じっと見つめるなか……
およそ十五分の時が過ぎ
やっと小降りになった
だん、だん……と、明るくなり
恐怖は去った

水浸しのなか
に、街が浮かぶ
車は一斉に、のろ、のろ
と、うごきだした

亀のように……

旧上海天文台

十月、晴れの休日
「今日は上海の山に行こう」
「えっ……」とおもったが
やはり高速道路を走ること二時間
行けどもいけども見渡す限り田園がつづく
なかに、ぽつん、ぽつんと
「現代の城」が現れる
八階建てほどの巨大なビルの工場
大勢の人手が集まり
やがて、村の中心となる城か

そして、また水田と野菜畠がつづく……
やっと、高速道路を下りて
小川に沿う並木道の木陰を走り
運動公園のような広場をすぎる
と、広い駐車場に到着、観光バスが五台ほど並び
大勢の人がうろうろしている

ぐるっと見渡す平らな空間の中
ぽつんと
「なるほど在った」
「これが、唯一山」
高さ二百米ほどの、おわんを伏せたような森が
ひとつ、標高は三百米という
「上海の山」庶民の、ピクニック運動公園か

さっそく山頂をめざす大勢の人達に交じって

途中、展望茶屋や土産の店が点在して、山寺の参道のようす
山頂につくと
不思議な格好のコンクリート建造物が出現
「初代上海天文台」
今は使われていない何元か払って中に入る
当時の望遠鏡も鎮座している
円周の壁の写真パネルをめぐり
小学生の団体が女先生と勉強をしている
「なるほど……」

三階のバルコニーにでると
やはり、見渡す限り　田園

気持ちよく空も高い
だが、ここでは　星は見せてくれない
残念ながら見えなくなってしまった

夕刻
市内浦東の地上四二〇米　八十八階建て　金茂タワー
の、ホテルG・ハイアットに帰る

そして
地上八十七階　世界で最も空に近い「バー」
から
またたくいちめんの光
眼下
地上の星を……

観光

中国の、大地はとてつもなく大きい
仏製の、ロープウエイ　天門山索道の出発駅は
　開発区観光ビルの七階にあった
　八人乗りのゴンドラに乗る
まちの、大通り　住宅街と山ひとつ越えると　何キロも
つづく、田園の上
ゆらり、揺られながら　全長七四五五米　世界最長
遠くに、そびえる
高低差、一二七九米　山頂をめざして昇る
仏製の、アイデアはシャモニーを超えたか？

　と、かんがえながら……
ながい、長い時間をかけて山頂駅に到着
さすが、気温差は一〇℃近い　霧雨が漂う雲の中
　用意した帽子とジャンバーを着用
　ガイドにそって徒歩　峰を越すと　雲は去り
突然、別世界が現れる、溶岩台地の絶壁奇観
　湖南省張家界市の深山大峡谷
　《天文山》の怪
　「臥せる龍嶺」と言う
山並み、は幾重にも奥深い
対岸は、深い谷底から数百米にもおよぶ
　鋸山の乱れた歯がいちめんに立ち、解けた岳、石筍が並ぶ
　聳え立つ青白い岩山
　「天子山」と言う

狭い頂きには不格好な低い松が貼りつく
「不知虚実」うそか、ほんとか、解らない
さらに、雲夢仙頂一五一八米には唐朝に創建
再建された天文山寺がある

観光のルートは幅一・五米ほどの尾根に近い道
「鬼谷桟道」と言う
貧弱な手摺の足元はけわしい
百二十元で　二人の山男が担ぐ桟敷に乗る
まさに
玄奘三蔵　西遊記の世界
奇景を横に見ながら
怪しい風が頬をなで、宙にうく桟台の上で
手すりにしがみつきながら……
谷の向うには何が棲んでいるのだろうか?

――気配は、まったくない
――猿も仙人も、むりだ？
――人と自然に、時のずれはない
――が、向うに渡れば原始人、空気も水も
――都市の人間装備は役にたたん
いらぬ事をかんがえながら
約三十分後、広い台地に辿りつき
やっと地に足が着く

詩に山水画に残る驚きは人の抽象ではなかった
地球のアート　現実だった
三億八千万年の間、修行の末、姿を変えながら聳える
鋸山を背景に
記念写真を撮ってくれる　「有料」

白いハンチング帽に白ジャンパーの日本男子は
突然、赤い民族衣装の山岳少数民族の娘
可愛い四人に囲まれる
そして、記念写真を
もう一枚「有料」

お茶を飲む
しばらく休む間に写真があがる

舗装された道を少し歩く
と、地上三百米を越す崖の上に立つ
眼下には平原、遠くに街が見渡せる
　崖に、へばり付いたエレベーター《百竜天梯》
　の、乗梯券を買い

地上三二〇米を一気に、降下
　下界の広場には　土産店　飲食店　バス　タクシー
が、待ち受けていた

そして、東へ二キロほどか？
　山中、深く何キロもつづく鍾乳洞
　山魂水韻がひびく闇を照らし
　地底の川をモーター舟に乗って
それは、それは　ネオン照明に飾られた地底のドーム
　《黄龍洞　竜天城》へ……　　　「つづく」
やはり、この国のひとは
　龍が、最高に好きらしい

風水

一本の幹線道路がやってきて、トンネルを抜け高速道路に向かう
路に沿う山麓の水田は、山から流れ込む小川の行き先が狂い
度々、氾濫し破壊され
葦の湿原となっていた

この湿原を大改造
大きな調整池とクリークをめぐらし
掘り下げた土を盛り上げ、島を造り
柳の大木を配し
ゴルフコースができあがった

それは、龍脈がつづく
はるか崑崙山脈からやって来た「生の気」を朱雀、南の大池に鎮める
東に白虎の松林
西に青龍の柳を置き、穴《ケツ》と明堂なるコースを水で囲む
崑崙山脈のエネルギーに満ちた
四神相応の地形を成した

二十七ホールのゴルフ・リンクスを一望する山腹
地上百五十米、急峻な沢を登る小さな台地に
「仏堂」を設計する
風水の仕上げは
北の玄武に「投入堂」か？
信心深いオーナー麦さんの切なる願いだった

だが、問題があった

登山道はあるが、資材を上げるには
トラックが登坂できる勾配の
ながい長い迂回路をつくらねば……
しかし
山をこわせば、気が乱れる

麦さんは悩み
村の長に相談
農閑期を考え、人手で運ぶ事となる
瓦　石材　木材　セメント　砂がつづく……
二人ひと組で天秤棒をかつぐ
登山道が蟻の行進
強力のきつい仕事は
一日五回ほど
一回の荷揚げにつき、村の食堂の昼飯代

だが
意外や、多数の人が集まる
寺を建てたのは何代も前の事で、なにも無い村に
寺が出来る
目をさました強力《ゴウリキ》の心意気
そして
意外や、道を造るよりも安く出来上がってしまった

＊中国福建省福州にて

韓さんの郷里

年の暮れ、晴天
凍てついた刈田
ゴム長を履いて、山にむかう

夏の繁みをすっかり落とし
澄み切った大気のなか、褐色の木々は
陽を浴びて立ち
まだ、みえない芽をひめて
ねむりに入っている

突然、けたたましい
カネと空き缶をたたく音が鳴り響き

男たちの「嬌声」が
こだまして
五十人の勢子が山頂に姿を現した

すると、二頭の鹿が
駆け下りてくる
すかさず　銃声が二発
林のなかに　硝煙がたなびく
犬が駆けていく

鹿の姉妹は、まだ温かい個体
だが、魂はすでに天に還っていた

夕暮れ前
静まりかえった大池に　山影がうつり
鴨たちは、黙って浮き寝を決めこんでいる

まだ、温かい鹿の血に焼酎を注ぎ
仏に供える
そして
村の年寄りの順に飲んでいく
「五年の長生きが叶う村の伝えを」

蓆を敷き詰めた庭には
村の衆が大釜の火をかこみ
煮込んだ　芋　豆　鹿の肉と酒を酌み交わす
弔いの宴
五年に一度の鹿の命をいただく

翌日、韓さんの山郷に別れをつげ
郡の警察署に立ち寄る

鹿の肉の包み、借りた猟銃と残りの実弾八発を返却
サインを済ませて
尚州の街を後にした

五年に一度しかない不運、短い生涯だった
鹿の姉妹
四つの瞳
水晶体に映っていた
澄み切った空を後に……
五年の命のボーナスを貰って

海鮮餐庁

上海の海鮮大食堂
四枚のガラス扉がならぶ吹き抜け天井の広い玄関ホール
に、はいると十数の魚泳の水槽がならび
貝も蟹も海老もまっている
そこで、物色して笊にあげてもらうと
番号札をいれ、同じ札をもらう

吹きぬけ空間の螺旋階段を
ゆっくり歩み
二階に案内される

長い中廊下が三本、奥に向かって
およそ五十米ほど。その両側に個室がならび
つづく……

その一室に案内される
大きなソファーセットで待つ前室
の、奥には
丸卓十二人の席があった

烏龍茶をのみ
しばらくすると　紹興酒
注文した活け魚が　刺身　揚げ物　煮物　焼きもの
になって次々とでてくる

途中、用をたそうと席をたち
廊下に出ると　びっくりした

目の前を
ローラースケートに
乗った、若者のウェイターが
出前の箱を下げて
颯爽と走りぬける
黒いスーツの格好の良いこと、このうえ無し……

「なるほど！」
この広さと部屋数への配達サービスは
やはり、これか！
上海は人の使い方がうまい

日本ならどうする？
回転寿司のコンベアーを廻すか
と、考える
床は大理石まがいの硬質の大型タイル

一階は体育館ほどの大空間
に、シャンデリアが煌めく
バイキング・ホールであった

雨

雨の、上海
霙まじりの
街は肌寒い
「今日は、買い付けを止めよう」
と、言われて
昼食は下町の路地をたずねて歩き
韓食、カルグックスの店に行く

「雨の降る日は　カルグックス」

は、韓国の村の言い伝え

熱い土鍋煮込みの、手打ち生麺からでる穀物の甘味が
肉切れの出汁と混ざる　美味いスープのカルグックス
と、水餃子のとろりとした舌触り
と、ほんのり酸味のある激辛のキムチ
と、蒸した豚肉の切身を食べ
薄めのどぶろく、マッコリ
を、飲んでゆっくり時をすごす

「農夫が休む、雨の日」

二月の、はやい日暮れを待って……

旅のお札（二）

上海から空路二時間、厦門《アモイ》郊外へ車で一時間
家具工場は
木枯らしに刈田原がひろがる
村の中心にあった
注文した家具を詳細に検査して
大金のお札《サツ》を支払う
夜の接待を断り、最終便で上海へ
予定通りであったが
たいへんな試練が
待っていた

空港への途中、厦門の餐庁に入る
前菜から肉料理たん麺まで注文
家具の出来栄えと
値段に大まんぞく
を、語らい紹興酒がすすむ

やや、しばらくすると
金さんが急変
額が汗ばみ　腹痛に苦しみ始める
昨夜の食事、今朝から今まで
おなじメニューの、私は平常なのに……？

「金さん、ここで足留めはむりだ
がまんして上海へ帰ろう
そして救急病院だ」

何度もトイレ通いをしながら機上の席に落ち着く

しばらくして

金さんが　判った、と言う

「犯人は、お札《サツ》だ」

大金を、指を　なめ舐め数えたときの、お札の「大菌！」

私との違いは、大金の関係がのこっていた

或る一年　Ⅳ　旅の欧州

バロックの華

聖都、博物館サンタンジェロ城から広い通りの遥か止まり
サンピエトロ大聖堂にむかう

そして
聖堂の前庭　幅二百四十米　奥行四百米の壮大な石畳に
中央の楕円形広場を囲むのは
ドリス式円柱が並び建つ、半円形の列柱廊が左右に
その、高さ二十米の　スカイラインには百四十体の大理石
の、聖人像が並びつづく……

正面大聖堂のドームの上に
イエス様が浮かび
聖堂のバルコニーに法王様が立ち
大きく両手を広げ、百四十体の聖人像と共に
広場を埋める十万の信者を、包みこむ壮大な　イメージ
ダイナミックな都市空間プランの創始
建築家はジャン・ロレンツオ・ベルニーニ！
ルネッサンス後期の停滞を破った「バロックの華」だ

そして
列柱廊の奥には、右手　丘上のバチカン宮殿に通じる
通用門と、中に階段を秘めた棟がある
門前には、可愛い中世の衣装を纏う（ミケランジェロの意匠）
丈高い、山のような衛兵（スイス人に限っている）
が、槍を立てて頑張っていた

本で見た「スカラ・レジア」
広場から宮殿へ、はるか七十八段を直線で上り、折り返す階段の館
高くになるに従い、階段幅が狭くなり
より遠くに見える、踊り場にはカルロス大帝の騎馬像が飛ぶ
遠近法の錯覚に嵌まる、天上への暗示
「ベルニーニの計略、バロックの罠か？」

「一目、拝みたいと」頼むが
山のような衛兵は、首を横にふるだけ……
「はるばる、日本から来た建築家だ」
「ベルニーニを敬愛する建築家だ」
「なんだ、かんだ」と、言うと　唇を二本指で押さえ
「シークレット」と言って門を開いてくれた

「アッ！と驚く、天上への階段」
「念願かなう」日本人初の見聞
おそらく……

明日は、広場から離れた横手の
坂道を上り、高台にある
バチカン美術館の玄関から入ろう

ラファエロの、アテネの学堂
ミケランジェロの、システィーナ礼拝堂の天地創造、最後の審判

が、待っている……

ローマ

バチカン宮、システィーナ礼拝堂に入る
ミケランジェロが
ぼろぼろになる身体に鞭打ち、描き上げる
心魂なるフレスコ画
天井には足場に寝て仰向き四年半をかけ
祭壇には六十歳から六年をついやして……
堂に踏み入る人は
ただごとでは、無い気持ちに襲われる

人間の業と神の審きに囲まれ
脳天をやられる
暫くたたずむが……
祭壇に進み
胸に十字を切って出てゆく

天井は、神のつくりたもう
「天地創造」
「光と闇　日と月　海と陸　アダムの創造　イブの創造を中心に
楽園追放　ノアの献身　洪水　泥酔」
の、九つの神話が飛揚し　入口から祭壇に向かう
正面の壁は
「最後の審判」

これは、キリストの怒りだ！
いや、ミケランジェロの怒りだ！

大きな台風の眼に
若い、逞しいキリストが立ち
振り上げる怒りの右手と、招き　さしのべる救いの左手
足許の天使たちがラッパを吹き鳴らし、世界の最後を告げる

壮大な渦巻きに巻き込まれてゆく、人間の阿鼻叫喚
カロンの船に詰め込まれ、地獄へ渡る人の群れ
地に落ちてゆく人の群れ
地中から蘇る死者の復活
歓呼する浄福者の群れ
雲上の天使群
審判の嵐は、人の衣装、虚栄の全てを剥ぎ取り

群衆は全裸となって……

ゲーテはこの堂に座を組み、ファウストの想を得たといわれるが
オレは何を得て帰るか？
ああ……これは人間業か？
ミケランジェロをして、神が描かれたものか？
ただ驚嘆では申し訳ないと思いながら堂を出る

そして
ラファエロの間に
あの名作「アテネの学堂」の前で一息つく
ギリシャの一同が迎えてくれる
もちろん
皆様は、神々しい衣をまとう「哲学の勝利」

プラトーンの容姿には、レオナルドを
ヘーラクレイトスには、ミケランジェロの肖像を借りている
ドームの中の記念写真、ルネッサンスに完成する
ゲーテお気に入りの
なんと、恵まれた天才ラファエロよ！

だが、三十七歳にして夭折する
師よりも先に……
そして、バロックへと
時はながれて……

スイス

六月、レマン湖畔
ヨーロッパ国連　手前の、広いのんびりした芝生と森の丘
モンルポ公園は　ジューン・ブライド
水着姿の若い女達が日光浴をしている
眼前の湖には、およそ百米の大噴水
が、一本青空にむかって、ひたすら昇っている

遠く対岸は、ジュネーブの街から　町が
山の中腹まで緩やかな斜面に、しっとりとへばりついている
しかし、白い高層建築が立っていないのが良い
景観条例か　良識か

その山の背後
さらに
かなたに
巨峰モンブラン標高四八一〇米が聳える
白い鷲、なんとも……
　うつくしい……美しすぎる景観

お土産を買うなら「時計　刺繍　チーズ」
いや、やはり
「スイス・チョコレート・モンブラン」にしよう

明日は、白い周航船に乗って　レマンの奥座敷モントルーへ
　ジャズの国際フェスティバルの町
さらに、レマン最奥の水際に建つ、シヨン城へ
詩の城、「シヨンの虜囚」バイロンが待っている

（はて、バイロンは、英国の詩人だが？）
（はて、モンブランは、フランス領に立っているのだが？）
（だが、なにしろレマン湖はローヌ河の水源、汚すわけにはいかない）

五ツ星の路

七月の夜
パリは、まばらに過ぎ去る　粋な人達のシルエット、シークなる人
地図をみて町の界隈を遠回りして、酩酊の散歩ときめる
モンテニュー通りからヴァンドームのインターコンチ、ホテルまで……

ところがだ、路は、多い
五つの路が集まる星形の広場
六つの路が集まる六叉路
何本もの路が集まる円形広場に立って
路を失う

「さて、どっちなのだ？」

「次への賽子は？」

「下手すると振り出しにもどる？」

十八世紀この都を計画した男、コルベールと建築家マンサール
「候達の、プランにはめられたか？」
古い石畳はかすかに硝煙の匂いが残っている
暴動に対し石畳をひっぺ返し石塊を積み上げ防壁を築くバリケード
百年間つづいた革命の街

「俺は反逆の使徒ではないが？」

「日本の武士としては、助太刀のほかない」

石畳をひっぺ返し堡塁の山に、三色旗を立てた
「ラ・マルセイエーズ」

そして

「対独抵抗レジスタンスの市街戦」
だった……

すっかり、人影が消えた街

ちいさな白旗をかつぐ白髭の老人が
千鳥足で近づいてくる

ああ……やっと会えた人

かなり御酩酊のお爺様に
地図をみせて現在地を確認する

だが、はたして大丈夫か？
「ああ、酔っぱらいの神よ……」

だんだん
小さくなって
消えてゆく……

＊一七八九年（ルイ十六世）から一八八九年（ナポレオン帝政の崩壊）まで、百年の間、いく度も革命の舞台となったパリ

死

都に雨の降るごとく
バーデンヴァイラー
は、涙ふる……

私のアトリエは、四階のサンルーム
屋上は芝生、隅に菜園
花の鉢が、ならぶ
しずかな昼さがり
大阪の下町も
屋根、

屋根、
屋根、は雨に濡れ……

癌におかされた
レイモンド・カーヴァーが力をしぼり
書いた、最後の短編を読む

夜明け前、バーデンヴァイラーの
ホテルのスイートルームで、結核の最期となった
アントン・チェーホフが、死と、向き合った最後を……
もう、チェーホフに与えることの出来る、最後の薬はなかった
医師は、偉大な作家への敬意と　シャンパンを注文した
女優である妻オリガ・クニッペルと、医師シェヴェラーが見守るなか

ベッドに臥せったまま
「三人で、何に乾杯すればいいのだ？」
と、思いながら……
「シャンパンを飲むのなど、実に久しぶりのことだな」
と、チェーホフは、残った力を絞り
ポツリと言って、飲みほし
目を閉じ、溜め息をついた
そして
呼吸はとまった
清らかに死へと……
「ご臨終です」医師はチェーホフの手首をはなした
無言がつづく……
「光栄なことでした」と言って医師は離れた

オリガはチェーホフの手を取り、ときどき彼の顔を撫でた

「人の声も聞こえず、日常の物音も聞こえなかった」
「そこにあるものは、ただ真の平和と
そして、死の壮大さのみであった」と彼女はのちに書く

夜が明けて
彼女は、毅然としてホテルのボーイに向かって
葬儀屋へ「使い」をたのむ、くだり……
注意深く、念をいれ……
「チェーホフ氏が、亡くなりました」
「町で一番、信頼できて」
「一番、丁寧な仕事をして」
「きちんとした、作法をわきまえている」
「人物を、つれてきてください」
「これは、とても重要なことだと　お言いなさい」
「あなたは、重大な使いの仕事に係っているのです」

「偉大な芸術家を扱うに、ふさわしい葬儀屋を、です」

その時、残ったシャンパンの
コルクの栓が　ポン！　と鳴り、飛ぶ

「あなたは、下に行ってフロントの誰かに
何処に行けば良いか訊いてください」
「当局が、新聞社が来るまえに、発つ用意はできています」
「国につれて帰ります」
若者はチェーホフ氏なぞ知らなかった
奥様の言うことを懸命に呑み込もうとした
そして一大事なのはなにか解りかけていた
念をいれ、注意深く繰り返す……

「あなたは静かな確固たる足取りで」

「不自然に急ぐことなく」
「葬儀屋のところへ行かなくてはなりません」
「あなた自身が非常に重大な、仕事にかかわっているのだと……」
長い長い、お言葉がいつ終わるのか……
それよりも、目の前の床に転がっているコルクの、栓を見詰め……
　薔薇の花瓶をかかえ、直立不動で
　頭の中は、葬儀屋とコルクの栓が、行きつ、戻りつ
　踏んでは転ぶ、コルク栓を
いつ、拾いあげるべきか……
短編の題は「使い走り」

　バーデン・バーデン？
二十年前に流れた、海外出張

台中の温泉ホテル計画のための視察だったが
台中のオーナーに
思いもよらぬ交通事故があった

ああ、死の時は、きよらかに
後は、しずかに……

脳は、飛んだ？
ことを思い浮かべる

＊「　」内は、レイモンド・カーヴァー全集、村上春樹訳より
バーデンヴァイラーはドイツ・シュヴァルツヴァルトにある温泉保養地

ピープル・ウォール

九月、アムステルダム
黄昏のしずかな公園の中に、佇む十九世紀石造の館
ウイーンに次ぐ音の殿堂コンセルト・ヘボー
こじんまりしたホールだが、椅子は小振りの二二〇六席
　シャンデリアのない、シンプルな空間
の、天井は高い
　「べんとうばこ」に入ったような気安さ
が、くつろげる
　インテリアをスケッチするが、デザインからの
　プレッシャーはない

だが、この室容積一八七〇〇立米の空間
　が、「物を言う」

いや、「音を言う」
ロマン派の譜面が、妙なる音となって響きわたる
残響時間二秒の空間

オーケストラと聴衆をとじこめた、楽器の空間

曲はバッハのヨハネス・パッション
コンセルト・ヘボー・オーケストラと三五名のコーラスを
二階のバルコニー席が、ぐるりと囲むアリーナ型
一階席から、ぐるりと見渡すと
人、人、人、の顔の壁
「ピープル・ウォール」

演奏が終わると、感動する顔を見て　互いの感動がつたわる顔
「ブラボー、ブラボー……」
と拍手がつづく……

インターミッションは三十分

休憩のホワイエは狭い
五米幅ほどの回廊がホールを、ぐるりと囲むだけ
その、舞台後方が　アーティストのためのグリーンルーム
（指揮者コンマスの個室は別にあり
楽員のロッカールームは別にあるのだが）
グリーンルームとホワイエは、仕切りもドアーもない
自然に、客も流れ込む
アーティストは、気にせず
ファンと一緒に、お茶を飲みながら静かに話し込んでいる

ホワイエも静かなる立ち話、ハレの場とは無関係の日常
ホール内の熱狂ぶりと裏腹に
地元のオーケストラが地元のファンに支えられ
一世紀以上もつづく日常

すばらしい演奏をきいた
ホールを、めぐる美しい澄み切った音
空間にみちた響きも、解った
だが、この空間をカメラに収めたが、音はない
さて、おれの脳は責任重大だ

日本に帰り、訊かれる
「空間は？」

「響きは？」

「心に、収まったか……？」

「はい、なんとか……」

旅愁

夜明け、雨
パリの屋根達は濡れ
やさしく横たわっている
深い褐色の自然は
まだ、目覚めていない
雨は音もなく
ただ、静寂を重ねるだけだった

今日は何処へも行かなくてもよい
本を、読むか……
幻は、シャガールの絵

かつて、この街に住む詩人達
が、屋根のうえを去来する……

しばらくすると
遠くに、一点の灯りがともった
この屋根裏部屋の小窓と同じ、四角形の灯り
この街の、女が目を覚ましたのだ

静寂は破れ、朝
晩秋の頭上たかく、渡り鳥の一家が
いそぎ、過ぎ去った

パリの屋根の上は、雨
今日は何処へも行かなくてもよい
手紙を書こう……

オペラ座の怪人

パリ、オペラ座に行く
「ファントム・デ・オペラ」の上演中だった
街路から一米ほど上がった基壇の石畳から、広い玄関ホールに入る
と、高い吹き抜け天井の空間に
壮麗なる大階段「グラン・エスカリエ」が、堂々とむかえる宮殿様式
御夫人達のファッションが、ゆっくりと歩み
上がり、下る、お客様の舞台となる

そして
三階中央、バルコンのコンパートメントに入る

二人が手摺の前、その後ろに二人、アンティークな家具の椅子に
座る、四人部屋
芝居に飽きたら、椅子を後ろに下げてキスをしてもよい広さ
演目は「またか！」である、怪人は三回目だ

だが、舞台のプロセニアムは高い
舞台のなかは深く、館のように見える
何枚もの黒い垂れ幕が、おくへ奥へと誘う
パースペクティブなステージ「幅六十五　奥行五十六　高さ六十米」
まさに、舞台の中に「怪人のオペラ座」が見える
東京の書割り舞台との違いを見せつけられる

円形の平場席と四階建てのバルコン席、最上階は天井桟敷
その上には、円形の天井画はシャガール
に、大シャンデリアが一つ

後部席から舞台までは遠くない、全ての席から観やすい
（ただし、料金の安い庶民の為の天井桟敷席は除く）

バルコンの顔が取り囲む　親密なる空間
超ロングランの
「オペラ座の怪人」には最高の空間

一八七五年完成　そのままの姿で残っている
「ネオ・バロック様式　仏王政末期の総合芸術」
「劇的な誇張に　端正な古典のリズムが重なる円熟の表現」
設計者は　一七一名の建築家による競技設計
の、中から選ばれた「シャルル・ガルニエ」
世紀末に、むかう「華のパリ」に思いをめぐらす

しかし、問題はつづいていた

人間の内臓の老化と同じく、機構　設備が限界だろう
それから、構造　骨だって……
刻々と、新オペラ座に席を譲る日が近づいている

暗い、パリの街を歩きホテルに帰る

なぜか、タイムトラベルをした
ひと時に、後味の悪い無常がよぎる
遠い、日本の我が家
湯上りの妻を
ふっと、思い出す
目と鼻と口だけ穴のあいた白いシートの化粧パック
白い〈マスク〉を貼りつけた顔！

仮面の怪人？
あちらも、ロングランのテーマ　か？

楽友協会ホール

ウイーン
ムジーク・フェラインザールに行く
クラシック・コンサートホールの最高峰

煉瓦と石の　一九世紀の館
玄関をはいって
歴史ある楽友協会のこじんまりした　ロビーをすぎて
ホールに入り、少々狭い席に着くと
空間は一変した

心揺さぶる、異次元
黄金色にかがやく正長方体の壮麗な金箔貼りの空間
舞台の奥、二階に座る大パイプオルガンも金箔貼り

ステージは高い、平場の客席の両側は
一段上がった桟敷席、その手摺の上に
二階バルコニー席を支える柱は
黄金の三十八体　女神の像になって立ち並ぶ
客席は年配の人たちのイブニングドレスと黒いスーツが
整然と微動だにせず、しずかに開演を待つ

目を閉じる
一瞬、仏壇の中を思い出す
いや、古代の王の眠る石室？

高い舞台の前を飾る花のベッド中に「棺」が？
（もちろん無い）

ノイマン指揮・ウイーン・シンフォニカ
モーツァルトK五〇四　と、マーラーの四番

音は、頭上をステージから最後方の席へと流れる
弦は、天上の音
それは、それは
ホールの左右に並ぶ黄金の女神のオッパイを
舐めて流れる妙なる響き、金色の音となる
高い天井空間には、音を拡散し耀く
十基のクリスタル・シャンデリアが……

ノイマンもウイーンもベテランの雄
モーツァルトもマーラーも曲は神妙
ああ……
すべてが只者ではない

十九世紀から、音楽の女神が居心地よく座る神殿
　　に、「なっ得！」
　　だが、
二十一世紀に、女神が　宿替えをしてくれる神殿が
あるとしたら、何処だろう

一四六年掛り、はたして……？

ウイーン

一月の夜、ウイーン
楽友協会コンサートホールからの帰り
もう、誰もいなくなった街

地下のレストラン「チャルダッシュ・フイスティン」
温かいルシアン・ウイスキーの酒精に小さな青い火が　ぱっ！　と灯る
料理を終え、コニャックをなめていると……

長い白髭の老人が、テーブルに
近寄ってくる

ニコニコ顔で、なにも言わない
手の平ぐらいのちっちゃなバイオリン
を、指にはさんで「　？　」
チゴイネルワイゼン　を弾く
ニコニコ顔で、なにも言わない

うっとりと
くつろいで
聞く……
さまよえる、魂は
どこへ……
つれて、
ここは、何処だ「アブラハム？」

十八世紀、音楽の都「緩やかに変奏してゆく　デーモンの遊び」
「ウォルフガング・アマデウス・モーツァルト？」
二十世紀、大戦に翻弄された、瓦礫の街か？
「哀愁のツイター、第三の男・ハリーライム？」
さまよえる都……？「ニュー・イヤー・メドレー……」の、つかの間
の夢は、消え
覚める

白髭の、
老人は、いない
やはり、地下のレストランには
だれも、いない

冬の夜、ウイーン

不凍港

二月、ヘルシンキ
の、街歩きは忙しい
外気温マイナス九℃　冷凍庫の中か？
街の建築写真を撮りながら（めったに来ないから仕方がない）
ちぢみ上がって歩く

そして
暖房のきいた　デパート　郵便局　本屋
を、見つけて飛び込む
こちらは、温蔵庫

そして、一息つくと　また冷凍庫へ
歩きつづけて
海へ出る

市外の湾は、凍結して雪に覆われ　ソリで渡っていたが？

ここは、波が立っている
不凍港だ
街の生活が、そそぎこみ
あたたかな、人の精が滲みでている

いろんな国の船が泊まっている
風のない静かな日暮れ、写真を撮る
やはり
寒くとも、港にはロマンがある

そして
温蔵庫なる、酒肆で……
ぱっ！　と小さな酒精の青い炎がつく　カクテル
北海のサーモン・ステーキ
と、自慢のスープと……ピアノ・コンチェルト一六
グリーグ
明日は、ノルウェーのフィヨルドか……
なに？　燻製の鰊なんて、知らなかった

ゴシックの森

三月、ケルン
大聖堂の門前町を抜け、広場に出る
予想どおり、胆に命じる
六七〇年の風雪を経た、薄黒い石造の、巨大な
ゴシックの双塔、一五七米
が、眼前に聳え立つ

上昇する建築の精神
一三世紀起工から一九世紀の中、完成まで
愛国の森を象徴する、初志貫徹の様式、ドイツ堅気か？

聖堂の、中に入る
ミサの、時間外だった

薄暗い、高さ四二米の天井空間の先が見えない
　が、さらなる高みに心を引き上げる
これは、樹の構造だ
　石齢七百年の、石の巨木が林立する頂上は
　細く枝分かれして天井となる
　森の中の一筋の道……
身廊は、遠く　一四六米の先までつづき
神への、空間が静寂をつなぐ
外光は、ステンドグラスを透し　鮮やかに物語が
脳裡に、差し込む

歩き疲れた体をベンチに降ろし、休める
すこしずつ心が安らいでゆく…………

目をこらすと、一人、二人
ぽつり、ぽつり
黒い影が通り過ぎ
祭壇にひざまずき
立ちさる
時は、しずかに去ってゆく

掌を打ち鳴らし、音の残響を試したい
が、「この人の癖」は控える

しばらくして
突然、頭上に

オルガンが
鳴り、ひびく…………
聖歌隊のおさらい？

やがて
少年、少女の唄声　澄み切った音が
高い、天井から舞い降りてくる。

ああ、神に捧げる天使の声……

仏教徒のこの人は
席を立ち
自ずと
祭壇に向かう
イエス様の許へ…………………

或る一年　V　なにがあるの

なにがあるの

五月の
或る日
場末の見世物小屋
の
汚れた赤い暖簾
の
一つしかない、出入り口で
見てしまった

眼をつむり
まぶしい顔をして、出てゆく彼を
そして
何故か
僕は、入っていった
ナマエノナイ、イキモノ
ああ……
神様、なにを間違えたのですか？
いや、魂は聖い

コブラの街で

コブラのように

N君と
安い酒と一緒くたに
いろんなもの
を、喰った
熱い鉄板の上の
牛みたいな、馬みたいな、犬みたいな
鳥みたいな
味な奴らを……

それから僕達は、夜市の
裸電球のぶら下がっている
賑やかなせまい通り
を、ぶらぶら　と時間をつぶして
歩かなきゃならない

幸福な、コブラのように……

すると、N君は「腹の中が変だ」と
そりゃ、胃袋の中で
　　賑やかな此奴らは
　すぐには溶けないだろう
と、思ったが……

酒宴を、始めやがった？

害虫

七月の朝
地下鉄の席に
やれ、やれ、やれ……
白い、フォーマルスーツの
妙齢のおばさんの
横に座る

と、一瞬
くらッ！　と来た

脳天が動顛
ああ
これはナフタリンの匂い
衣替えか
と、考えがまとまったが……

つぎの駅で
彼女は、さっさっと降りていった

くそッ

俺は害虫か？
馬鹿なッ！

微笑

八月の日暮れ
雷雨が去った

濡れた芝生の上は
しずかに風が流れて
ポーチの前の舞台は
闇の帳が　すこしずつ深まり
小さな庭が
森のように見えてくる

黒鉄黐《クロガネモチ》の樹の枝先と葉
　が、きもちよく揺れている
そして、足許の熊笹も　ときどき頭を振る
そして、闇がつどい　うごめく
　その、茂みの奥に……
なにか、ひそむ気配が？
じっと、目を凝らした
　が、姿はなかった

たぶん
　神が、微笑んで…………？

ふりかえると
老妻が、お茶を持って立っていた
ついさっき、ささいな口論をした………？

由良さん

夜、土砂降りの雨だった
郊外の高級住宅地、自宅の門前でタクシーを降り
すぼめた傘を、被り
車の後部から
我が家の、玄関をめざして
まっしぐらに、走る

すると
猛烈なスコールのなかを
対向車が突入していた

「どん」と、一瞬
出合いがしらの衝突
由良さんは、吹っ飛び
頭部打撲の即死

ひと月前、一緒に　ゴルフラウンドをした人
友達の友人で、背が高くシングルプレイヤー
美男子の、カラオケクラブの経営者
酒は飲んでいない、店から自宅への直帰
なんとも、運の悪い話をきかされる
葬儀のときの奥さんとは、涙の会話で
なぐさめ様のない別れであった

と、「知らぬが仏」
には、ならなかった　無常

聖なる朝

屋上の花鉢は
猛暑をやり過ごし
中秋の花達
アスター　ききょう　は老い始め
ビオラ　ペチュニア　パンジーは　幼い
菊　パンチ　ペンタスは　青春だ

今朝は、めずらしく
一羽の星蜂雀蛾が御来客
両翼を、透明なほどに　ふるわせ

ホバリング中

線香花火のよう、鉢いっぱいに開く
深紅の可愛い花ペンタス
に、くちづけ
細い嘴は、長さ三センチほどに
伸びる　ストロー？

三十秒ほど、露と蜜を吸い
次々と、隣に渡る　旺盛な食欲
しかも、ペンタスにだけ「はしご」する
白露の、朝の宴

十月の晴天の、聖なる朝

急行

朝、九時までの
十五分を、たくした
鉄路と鋼輪の触れ合う、スピードのすきま
跳ね、
　触れ
跳ね、
　触れ
跳ね、
　触れ
跳ね、

触れ

ゆっくり時が流れた後
焦げる鉄の匂いと　呻き
を、残して止まった
ホームへ放り出された
白い脳の中
は、かすかな　オルガスムス
が、漂う……

目覚めると
街は
雑踏と暗騒音
の、揺りかご
の、中の
一日が始まる

通勤電車

十二月、地下鉄の三両目
いつも、の席に
いつも、まえに座る人
いつも、全国版ＪＲ時刻表をめくっている
たしか、一〇〇八頁の大冊
メモも、取らずに頭の中で
次々と、乗り換えてゆく
　ずっしりと重い頁を、次々とめくりながら
次々と、乗り換えてゆく
　頭の中に

ローカル線の地図を描いているらしい

そして、
いつも、の　駅に着くと
小さなリュックに時刻表を収め
さっさ、と降りて行った

ああ、オレには、どだい無理な芸当
「一度たのんで、あの人についていくか？」

だが、その後「ぷっつり」と遇わなくなった
「どこへ、消えたのだろう？」
「汽車好きな、あの人の時刻表と旅？」

しかし、見えない　オレの時刻表と旅

船長の夢

宇宙船の一本足の船長は
見張りの偽眼を船外のワイヤーにつなぎ
はてしない漂流に耐えていました

ながい　ながい　時が　ながれました
二十世紀、二十一世紀
いろいろな事がありました
船長はじいッと暗黒星雲
の、宝島の映像
を、見つめ考えていました

上陸について
そして、撤退について

見張りの、偽眼はハンマー投げの玉
充血して、いまにも炸裂が……

そして、時がながれ
錆びた、ワイヤーは切れるのでは？
新年の地球は眠らないのです
きらきらと輝き
若い星たちは笑っています

そして
彼方には、渦巻く星雲の上に
暗黒の女神

が、スカートを翻して待っているのです
あの、ブラックホールのまえで
その、足許には
未知なる宝石が
いっぱいに詰まった
宝島が

ああ……
いつの日か
きっと
暗黒の女神の股倉から
あの宝石を
かすめ盗る奴が
出てくるに違いないのです

船長はじぃッと
映像を見つめ
考えていました

上陸について
そして
撤退について……

タヌキの腹鼓

N君と話こんで
腹一杯呑んで喰って、帰宅
苦しいので蒲団をしいてもらい　横になった

大腹を　さすりながら
すこし落ち着いたところで
タヌキの腹を思い出す

下腹から上へと軽くたたいてみる
丁度、みぞおち　の　あたりで音が変わった太鼓のひびきだ！
隔膜の空気が胃にたまった水面に
反響している
これぞ、タヌキの腹鼓か？

「具合が悪いの……？」

「いや、発見した」

「何を……？」

「それは、秘密だ」

「何よ！　アマノジャク」
プイ　と横を向いて消えた

えっ！　へそが曲がっているか？

甘雨

これが
鬼鮖《オニカジカ》
初見参？
鱗のない
ぬるぬる
の、頭と胴がつまった二等身
浮き袋がなく
川底を
のろのろ
と、這う

釣り上げると
馬鹿でかい、かしらの主《ヌシ》は
皺だらけの顔に、大きな目をぎょろつかせ
ひときわ大きな口をあけて
語った

「ああ、万事休す…………」

たいした奴だ！
あわてて放す
立ち会いは
一瞬で終わる

河の底ではなんと言われているのやら

いこいの時に

この水は此処よりほか　何処にもおけない
海はたえまなく光のくさびを打ち込まれ
波は沈められようとしながら
くさびを噛み
たがいに噛みあい
霞を浮かせない
銀白の一枚の紙
皺の無い紙にする
美しい仕事中だ

ああ…………

この紙に
「詩」は
書けるわけない

解説

解説　美濃吉昭詩集『或る一年～詩の旅～』

不思議な感覚で映し出される生のありようの詩的歳時記

佐相　憲一

〈風変わり〉という形容は、一般にはマイナスのニュアンスを伴うことが多いが、文学・芸術の世界ではプラスの面白みを意味する。鑑賞者や表現者がそれを求めるのは、日々をただ過ごすだけでなく、何か個別的な充実感を得たいという、人間本来の伸びやかな欲求と言えよう。意識的な人びとは、読書をしたり、旅をしたり、美術や音楽を鑑賞したりする中で、無意識的にも〈風変わり〉なものとの出会いを求めているだろう。自分自身の日常生活を大事にしながら、必死に暮らしながら、もっと大きなもの、逆転してひろがっていくものとの連関を人生に求めていたりする。ちっぽけに見えたものが、実は普遍的なものをもって何かにつながっている。それを感じた時、人は感銘を受けたり、刺激を受けたりするものだ。現代社会の風潮は大量広告と娯楽情報に流されて、そういった豊かな場になかなか行きつきにくい。だが逆に、そういうきわめて散文的な世の中だからこそ、ひと味違うところで感じたり思考したりしたいという欲求もまた、潜在的に充満しているのではないか。〈風変わり〉とはつまり、とらわれのない感覚で感じたままの不思議さなのだ。世間での暮らしはいろいろな利害や関係性が絡み、心理学的に言うならいわゆるペルソナ、役割の顔で生きる時間が少なくないだろう。それはそれで充実しているなら大事だし、そこに生きがいのひとつを感じられればラッキーだ。しかし、同時にそれと並行して、常に自分自身の世界を持っていないといつしか個性の乏しい空っぽの存在になってしまう。

ここに風変わりな詩集をお届けする。これが賛辞である。どう風変わりなのかはお読みになってのお楽しみだが、この独特の詩的歳時記は、どこからやってきてどこへ向かうのかもはっきりしない、とても不思議な一冊である。淡々とした中に上質のおかしみを感じさせてくれ、日常を生きる私たちに好奇心と発見の期待を抱かせる。

収録作から一篇、全文を引用しよう。

五月の陽を浴び

五月の陽を浴び　草原に仰向く
大地の底は　巨大な船の底
水の音
火の音
が、かすかに響く

船は東へ　空は西へと　去っていく

これは、終わりの無い航海なのだろうか

いや、そうではない
それは　それは　遠いとおい先の話だが

眼を閉じる

瞼の裏に浮かぶ、糸くずを
蟻が引いている
草の下は土のなかは騒がしい
小さな無数のイノチが、働いている
いや、闘っている

この船は
ひどく、満席なのだ

若い日のひとコマだろうか。新緑の草原に大の字になって、自然界の不思議を体ごと感じ取っている。空や大地が動いている偉大さを感じるところまではよくある体験で親しみを覚える読者も少なくないだろう。こうして悩み多い青春の日や人生に疲れを覚える壮年期に、人は自分自身の心臓の鼓動を自然の中で再発見して生きる活力を新たにするものだ。しかし、この詩が独自なのはさらにその先の感覚だ。めまいに似た光の感覚が、目を閉じて把握される闇の世界、地下世界へと詩的に飛躍してつながっているのだ。自分の実存を乗せた船たる自然界の大地には、草の下や土の中の地下世界がつながっていて、詩の後半、〈小さな無数のイノチ〉が働き、おのれの生を闘っている。何気なく書かれているが、大地に仰向きに寝て宇宙を感じる時に、背中の下の地中の小動物の命まで自分のことのように実感する感性というのは稀であろう。そこに詩人の発見がある。詩の最後の〈この船は／ひどく、満席なのだ〉に否定のニュアンスはない。にぎやかな生命の祭りだろう。

この詩集の本文を読む前に〈或る一年〉と聞いて、歳月からの〈或る一年〉の抽出だろうという読み手の予想から言えば、「きっと作者にとって特別の出来事があった年のメモリアルだろう。人生の記録かもしれないな」と予感するだろう。私もそのひとりだったが、まんまと騙された。他方、「架空の一年に物語を創作して批評精神を表現する一冊かもしれない」というもうひとつの先入観も裏切られた。それは心地よい騙され方であり、すがすがしい裏切られ感であった。五つの〈或る一年〉が醸し出す独特の味わいは、作者の実人生の場面場面を切り取っていながら、映し出されたものは、もはや単なる観察記録でも思いの展開でもなく、その中間あたりから独自の眼で差し出される微妙なバランスのものである。ひょうひょうとして時にユーモラス。各章の内部で詩篇が対象とする情景は、さまざまな年の出来事や想念であろうが、特徴的なものを十二か月分並べてみると、歳月を経た中に浮かび上がるひとりの詩人の感性の総体がまとまっている。雑多でありながら、こんな内面的一年もあるだろうなと感じさせることで、読み手のこちらの人生の歳時記を思い出させたりもする。〈一年〉は比喩としても機能しており、無数の現象の中からほんの一部をさりげなく抜き出して、私たちの目の前の生のありよう全体を表現しているとも言えよう。しかも季節感のある都市の歳時記風のタッチがひとつの読み物としても面白い。

この奥行きがどこから生じているかと言えば、各篇に反映している歳月が、一九五〇年代から二十一世紀の今日までを網羅していることにもよるだろう。戦後詩が盛んだった頃の時代の空気も感じられるし、つい最近の空気もある。建築の仕事で得た国際体験の詩群には長年の幅の中に文明考察的な大きな視野の時間も反映されている。その中で、人生についての省察を重ねてきた作者の思考の展開が、詩に昇華された実感を見せている。

Ⅰ・Ⅱ・Ⅴは、巷の情景や自分の体験を観察批評しながら思考を展開しているが、独特の語りが面白い。淡々と目の前のことをつづっているようでいて、読み手をかなり遠くの方の普遍へ案内してくれる不思議な作品も収録されている。その詩世界のエッセンスはここまで述べてきた通りである。そして、Ⅲ・Ⅳを挟んで並ぶこのⅠ・Ⅱ・Ⅴの特色がすなわちそのままこの詩集全体の持ち味となっていると言えよう。

異色のⅢ・Ⅳは、それぞれ中国・韓国とヨーロッパを舞台とした詩群だが、これがまた、通常よくある旅の詩とはかなり違った趣の、もっと突っ込んだ交流や考察がひろがっている。Ⅲ章収録の「旅のお札」「旅のお札（二）」は傑作だ。大阪人らしい笑いの中に、庶民的なアジアの親しみがこめられていて、この詩人の人間性がにじみ出ている。ヨーロッパ詩篇で顕著なのは、国際的な建築士でもある作者が、あちらの美術建築遺産、音楽遺産、文学遺産に寄せる胸いっぱいの敬意と共感である。つい仕事の眼が時々出てくるのも微笑ましく、その中で、歴史の淘汰を経て人類を感動させてきたものへの共感は、一旅行者の立場をこえて、建築というおのれの仕事を成し遂げてきた人ならではの味わいを伴っている。

こうして読者は、詩篇ごとに各月のさまざまな情景を目撃しながら、作者と共に生の魔界を旅しているような感覚にいざなわれる。「へえー、しみじみするねえ」とか「そないなこと、自分にもあるなあ」とか「えっ、そこで終わっちゃうの、フシギー」などと思いながら、どこかのまちの誰かの眼をカメラとする一年を映画で見るような面白味を味わえるだろう。かと言って、まちの吟遊詩人などという大仰な感じは全くなく、一見、ぶつぶつつぶやいているような、時にボヤキさえ感じられる中に、ふと詩の心が浮かび上がってきたりする。まさに、『或る一年~詩の旅~』というわけだ。

作者の美濃吉昭氏は建築設計の第一人者である。その詳細は巻末の略歴ページをご覧いただきたい。思わず、わっと驚かれる方もいるだろう。私もそのひとりであった。この輝かしく華麗な設計実績の数々はどうだろう。特に、大阪のシンフォニーホールは彼の美的センスと実用的才能の結晶だ。ユニークな詩を書く詩人と作品で出会って、一体この人はどんな風変わりな経歴の持ち主なんだろうと人間的関心まで高まっていた私の目の前に現れたのは、あっと驚くダンディで実直な紳士であった。物腰は柔らかく、優しい眼には仕事に厳しい鋭さもあり、気さくな大阪の人といった感じだ。日本だけでなく海外の建築にも現地で携わり、視察で遠くまで行ったこともあるという。このような実業界の成功者が他のライターを使って自分史などを出版したりする例は世の中に多くあり、時にゴーストライター発生の疑惑などもあるのは知っていた。ところが、この人物は全く違っていて、よりによって、いま日本の芸術で最も虐待され無視されることさえ多い現代詩の世界に、涼しい顔でさっそうと帰還してきたのである。帰還と書いたのは、これも略歴にあるように彼は十八歳から二十一歳頃まで大阪の詩の会に熱心に集っていたのである。一九五〇年代、小野十三郎をはじめ現代詩のそうそうたる詩人たちが詩的熱気の中心にいて、教えを乞う、あるいは議論をふっかける多くの若い才能たちと、詩文学花盛りの批評性を発揮していたのだった。その時代の空気や数々の伝説は一般に知られてはいるが、なんと目の前のこの紳士は、その十八歳の時の初心を胸に大事にもったまま、五十年近く経ったいま、忽然と詩の世界に帰還したというわけである。聞けば、詩に対する思いが消えたのではなく、就職してこの国の猛烈な会社社会で必死に働き、同じアートの世界の建築で認められて大忙しの歳月だったということだ。それがいま、時代を築いた建築マスターとしてではなく、詩の書き手として、ひたむきな心で私の目の前にいるのであった。

何の縁か、大阪時代の私がまちの小さな塾の教室長として教えたこともたちが合格し、通っていた二つの公立高校の近くにお住まいという。目の前にはそんな紳士にお似合いの、笑顔の美しい夫人が同伴されている。いやはや、大阪の現代詩のめぐりあい恐るべし、である。

「そんな劇的な背景がこの詩集にあったのか、それで……」と思われるかどうかは読者諸氏の判断にゆだねるが、このような人生を背負ってきた人物がいまこうして一詩集に情熱を捧げていることに、私は深い感銘を禁じ得ない。それはいまの詩の世界への大いなる励ましにもなるだろう。

あとがき

第一詩集がいきなり厚いが、編集をして戴いた佐相憲一さんが詩人なので助かった。詩文の作法などを教えてもらい、背中を押してくれたので、なんとかゴールイン出来た次第。

私の職業は建築の設計業一筋なので、詩歴は青年期の三年ほどで終わり、三十代からは詩作とは無縁の環境にあった。一九七〇年大阪万博のころから、建設投資が盛んになり、業界の事情が変わったからだ。

建築設計の職業上、事業主オーナー様のプログラムを実現するために、設計企画とコンセプト造りに励んだ。たとえば「集客」「人の滞留、流れ」「もてなし」「癒やし」などの感情を売る「仕掛け」と「物語を売れ」であった。人の場の心情を読み、それに応えるコンセプトのある「空間づくり」と、おまけに経済性、事業性、技術デザインに悩みながらの四十年。それが、仕事を戴くための、仕事だった。

しかし、二十世紀後半から二十一世紀の今、その変化はめまぐるしく、その間、物語も経済的価値観も変転をくりかえした。ふりかえると、苦と楽を繰り返した夢の跡だが、いまは経済効果、賞味期限付きの箱の計画がみえて面白くない。

すこしばかり心の余裕ができたので青年期を振り返り、生き残った詩作の仲間からアンソロジーをまとめてみるかと言われて『THE MIRROR NOTE 詩選集』を出したのがきっかけで、二〇一四年から作詩を再開した。

そんなわけで青年期の作品に少し手を入れたり、新たに建築とゴルフコースの設計にたずさわっていたころを思い出し、詩を書き始めた。

幸い「コールサック」誌にめぐりあい投稿しながら、編集の佐相憲一さん、代表の鈴木比佐雄さんから、採用・不採用の話を聞きながら勉強した。おかげさまで、詩作の苦楽が少しは解って来たようだが、この世界は奥が深い。本にするにはまだまだ未熟だが、齢のことを考え、元気なうちにと、思いきった。コールサック社の方々には、いろいろとお手数をかけました。ありがとうございました。

二〇一六年　夏

美濃　吉昭

美濃吉昭（みの　よしあき）略歴

一九三六年生まれ。
建築士。
大成建設株式会社退職後、現在、有限会社エーイー建築設計事務所代表

詩誌同人歴
「夜の詩会・ミラー」（一九五四～一九五七）
詩選集「THE MIRROR NOTE」Ⅰ・Ⅱ・Ⅲに参加
（二〇一四～二〇一六）
現在、「コールサック（石炭袋）」に参加

著書
詩集『或る一年～詩の旅～』（コールサック社）

所属詩団体
関西詩人協会

建築設計・主な受賞歴
日清食品本社ビル（大阪市）　サインデザイン賞・大阪市緑化賞
日清食品中央研究所（滋賀県草津市）　滋賀県都市景観賞
HILL TOP HOUSE（大阪市）　大阪市ハウジングデザイン賞
THE SYMPHONY HALL（大阪市）　建築業協会賞

主な建物　及び　ゴルフコースの設計歴
神戸 PLAZA HOTEL（神戸市）
HOTELPLAZA 淡路（兵庫県）
東広野 GOLF CLUB（兵庫県）　HOUSE
EDEN BLUE COUNTRY CLUB（韓国・京畿道安城市）
　COURSE & HOUSE
J's COUNTRY CLUB SEA SIDE（韓国・慶州市甘浦）
　COURSE & HOUSE
J's COUNTRY CLUB（韓国・慶尚北道亀尾市）　COURSE & HOUSE

現住所
〒五五二‐〇〇〇三　大阪府大阪市港区磯路二‐二‐二

石炭袋

美濃吉昭詩集『或る一年～詩の旅～』

2016年8月22日初版発行
著　者　　美濃　吉昭
編　集　　佐相　憲一
発行者　　鈴木比佐雄

発行所　株式会社 コールサック社
〒173-0004　東京都板橋区板橋2-63-4-209
電話 03-5944-3258　FAX 03-5944-3238
suzuki@coal-sack.com　http://www.coal-sack.com
郵便振替　00180-4-741802
印刷管理　(株)コールサック社　製作部

＊装丁　奥川はるみ　　＊カット絵　美濃吉昭

落丁本・乱丁本はお取り替えいたします。
ISBN978-4-86435-260-4　C1092　￥2000E